Frans Masereel
La ciudad

Frans Masereel

LA CIUDAD

Nørdicalibros
2012

Título original: *La cité*

© VEGAP, Madrid, 2012 /
Frans-Masereel-Stiftung, Saarbruecken
© De esta edición: Nórdica Libros, S.L.
C/ Fuerte de Navidad, 11, 1.º B
28044 Madrid
Tlf: (+34) 915 092 535
info@nordicalibros.com
Primera edición: marzo de 2012
Cuarta reimpresión: marzo de 2019
ISBN: 978-84-92683-89-5
BIC: FX
Depósito Legal: M-6810-2012
Impreso en España / *Printed in Spain*
Gracel Asociados
(Alcobendas)

Diseño de colección
y maquetación: Diego Moreno

«Esta es la ciudad, y yo soy uno de los ciudadanos.
Lo que interesa a los demás me interesa a mí...»

WALT WHITMAN

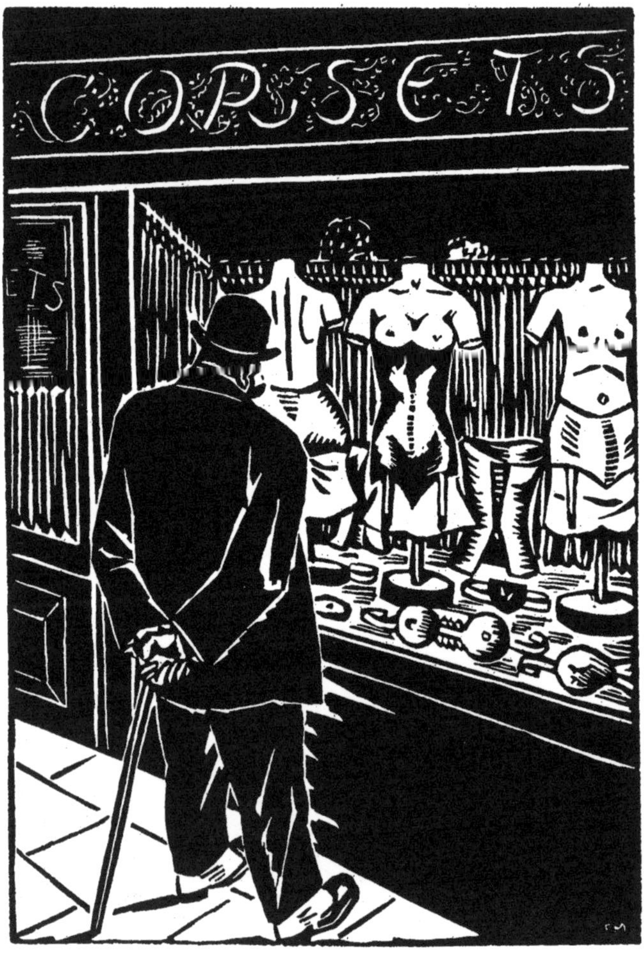
CORSETS

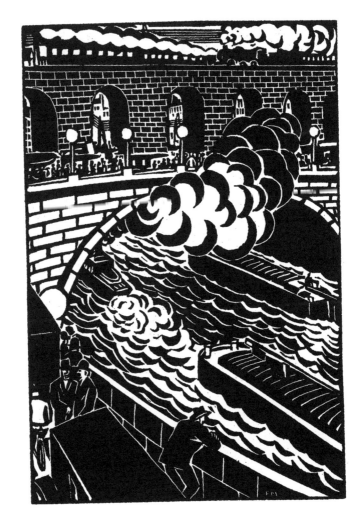

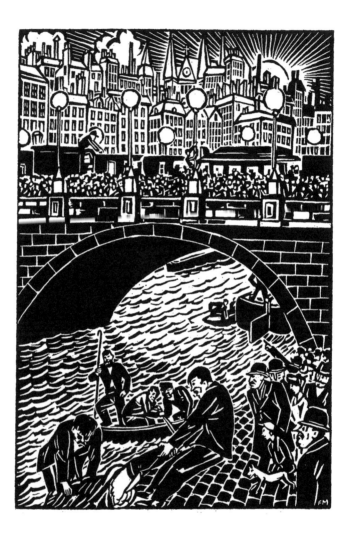

Esta edición de *La ciudad,*
impresa sobre papel estucado Magno
de 150 gramos, se acabó de imprimir
en Madrid el día 25 de febrero de 2012
aniversario del nacimiento de
Victor Hugo